22607

# TABLEAU DU PASSÉ,

## PRÉSAGE

## DE L'AVENIR.

*Poëme en six Chants,*

PAR UN ANCIEN MILITAIRE,

AUTEUR DE L'ABRÉGÉ DES CONFESSIONS DE J.-J. ROUSSEAU.

TOULOUSE,

BELLEGARRIGUE, LIBRAIRE, IMPRIMEUR DE S. A. R.
MONSIEUR FRÈRE DU ROI, RUE DES FILATIERS, N.º 31.

1817.

# EXORDE.

Lorsque Châteaubriand, ce moderne Sully,
Fléau des courtisans et de leurs perfidies,
Sème dans ses écrits des vérités hardies,
Je cherche à prendre un ton beaucoup plus radouci :
Son nom, ses dignités, son rang et sa naissance,
Prêtent un nouveau lustre à ce vaste savoir.
Politique profond, guerrier plein de vaillance,
De maintenir la Charte il se fait un devoir ;
De tous nos maux passés il retrace l'image,
Tremblant pour leur retour, il veut les prévenir :
Quand leurs auteurs n'ont fait que changer de visage,
Peut-on se reposer en paix sur l'avenir ?
Notre Roi, nous dit-il, est la sagesse même,
La Charte nous promet des jours purs et sereins :
J'applaudis le premier à sa bonté suprême ;
Mais c'est sa bienfaisance et son cœur que je crains.

# TABLEAU DU PASSÉ,
## PRÉSAGE DE L'AVENIR.

~~~~~~~~~~~~~~~~~~~~~~~~~~~~~~~~

## CHANT PREMIER.

Sous un ciel nébuleux l'horizon de la France
S'offrait à nos regards sous le plus triste aspect ;
Le Clergé, presque oisif au sein de l'abondance,
N'inspirait déjà plus au peuple aucun respect.

Les grands accumulaient sur eux toutes les grâces,
Et du Gouvernement épuisaient les trésors ;
Des Ministres, dès-lors, au-dessous de leurs places,
Loin de les remonter en brisaient les ressorts.

*Calonne* s'était vu remplacé par *Brienne* ;
Tous les deux de l'État connaissant les besoins,
Afin de prolonger leur chute trop certaine,
A chercher du crédit consumaient tous leurs soins.

Un banquier Genevois, rempli d'hypocrisie,
S'offrit de réparer les malheurs de l'État ;
Le crédit un instant sous lui reprit la vie,
Pour disparaître après avec bien plus d'éclat.

Le Roi de son Royaume assemble les Notables,
Qui cherchaient, mais en vain, des remèdes à nos maux ;
Les Parlemens trompés, devenus intraitables,
Lui firent convoquer les États-Généraux.

Le tumulte, les cris, la rage, la démence,
Promenaient dans Paris leur cortége odieux :
Les maux toujours croissans, bientôt toute la France
D'assassins soudoyés fut un repaire affreux.

Le plus hideux de tous, et le plus exécrable,
Fut un Corse jeté par *Marbeuf* dans nos murs :
Son nom, de jour en jour rendu plus redoutable,
De bouche en bouche ira jusqu'aux siècles futurs.

Je ne vous dirai point quel infernal génie
L'éleva de soldat au rang de général ;
Vil flatteur de Barras, dans ce temps d'avanie,
Par la ruse ou la force il devint son égal.

Suivi de son armée il entre en Italie,
Porte par tout l'horreur, le pillage ou la mort ;
Et sa troupe, aux forfaits par lui-même aguerrie,
Ne voit et ne connaît que la loi du plus fort.

La France gémissait alors dans l'anarchie ;
Trois partis opposés en déchiraient le sein,
Et de la dévaster animés par l'envie,
Dans le trésor public puisaient à pleine main.

Cependant les démons et leur troupe infernale
Répandaient leur poison sur tous les factieux,
Qui toujours, se traînant de cabale en cabale,
Outrageaient à la fois et la terre, et les cieux.

*Bonaparte*, connu seulement par ses vices,
Avait sur ses soldats surpris l'autorité ;
Téméraire en ses vœux, fertile en artifices,
Il fut de jour en jour plus craint, plus détesté.

Malgré que le Sénat eût quelque consistance,
De se rendre à Saint-Cloud il le somme en vainqueur ;
Les Sénateurs surpris, courbés sous sa puissance,
D'une commune voix le nomment Dictateur.

La Dictature alors remplissait peu ses vues :
Il voulut de César égaler la grandeur ;
Faisant de son palais garder les avenues,
Il se fit sur le champ proclamer Empereur.

# SECOND CHANT.

A peine régna-t-il sur ce brillant empire,
Que l'attrait des combats s'empara de son cœur :
Qu'importe, disait-il, le rang auquel j'aspire,
Si de tout l'univers je ne suis le vainqueur.

L'orgueilleuse *Albion* au sein de la fortune,
Triomphante aujourd'hui, maîtrise les deux mers ;
Elle a dans son pouvoir le trident de Neptune,
Et tient dans le respect tous les peuples divers.

On voit ses pavillons rentrer dans la Tamise
Accablés sous le poids de leurs nombreux trésors ;
Les richesses de l'Inde, à leur pouvoir soumise,
De l'Europe affamée alimentent les ports.

« Jusques au sein de Londre allons porter la guerre :
» J'ai la force en partage, ainsi que la valeur ;
» Deux mille vaisseaux plats, de près rasant la terre,
» De leurs fiers habitans me rendront le vainqueur.

» Avant de déployer mes moyens et mes forces
» Contre ce peuple altier, vaillant et belliqueux,
» Allons nous mesurer en traîtres, en vrais Corses,
» Avec d'autres voisins beaucoup moins dangereux.

» Grâce à ma politique, en ce siècle inconnue,
» J'ai brouillé Charles-Quatre avec son propre Fils;
» A les mettre d'accord en vain on s'évertue,
» Les esprits divisés composent deux partis.

» Le prince de la Paix , séduit par mes promesses,
» Promesses qu'à coup sûr je ne lui tiendrai point ,
» Mettant en mon pouvoir les ports , les forteresses,
» Concourt à mes projets , et les sert en tout point.
 » Le dirai-je ; bien plus ; séduit par mes paroles,
» Son Souverain surpris tombe dans mes filets ;
» Que d'un traître je joue ou d'un tyran le rôle,
» La fortune toujours couronne mes projets ».
 D'Espagnols révoltés renforçant son armée,
Il détrône les rois placés sur son chemin ;
De ses succès en vain l'Europe est alarmée,
Il traverse la Saxe, et va jusqu'à Berlin.

 Il met dans ses projets de punir la Russie,
Pour avoir dans ses ports accueilli les Anglais :
Il se rend à Moscou ; mais ce trait de folie
Changea tous ses lauriers en lugubres cyprès.

 On ne peut sans frémir se former une image
Du désordre causé par tous les élémens ;
Les soldats, dépourvus de force et de courage,
Expiraient par le fer ou les rigueurs du temps.

 Pour lui, des bords du Nil nous retraçant la fuite,
Le corps presque glacé, moins de froid que de peur,
Dans le fond d'un caisson, le mépris à sa suite,
Il arrive à Paris couvert de déshonneur.

 Aigri par les revers, la figure enflammée,
Il se rend sur le champ dans le sein du Sénat,
Et demande en desposte une nouvelle armée,
Pour marcher vers le Rhin, et défendre l'état.

Mais de jeunes conscrits, levés en diligence,
Pouvaient-ils résister à des vaillans guerriers,
Qui, fiers de rétablir leur Souverain en France,
S'avançaient triomphans au milieu des lauriers ?

Que de sang ! que de morts ! quels regrets n'eût-on pas
D'avoir abandonné l'armée à ce Thersite !
Habile à se cacher dans le fort des combats,
A l'aspect du danger il s'éloigne bien vîte.

Je voudrais bien pouvoir, pour l'honneur des Français,
Jeter un voile obscur sur ces temps trop terribles ;
Et n'avoir à donner que de tristes regrets
A tant d'anciens guerriers jusqu'alors invincibles.

Mais détournons nos yeux de ces jours malheureux ;
Laissons marcher du temps l'inégale courrière,
Qui nous ramenera des momens plus heureux
Sous la loi d'un BOURBON, que veut la France entière.

# TROISIÈME CHANT.

Enfin elle arriva cette heureuse journée
Qui ravit au tyran ses fragiles grandeurs,
Et qui dans un instant, changeant sa destinée,
Le plongea tout à coup au comble des malheurs.

Ces armes, ces canons, ce roi sans diadème,
Ces lâches courtisans qui composaient sa cour,
Viennent de disparaître, et le pouvoir suprême
De ce soldat heureux s'éclipse dans un jour.

Paris déjà soumis avait posé les armes;
*Bonaparte* craignait d'y trouver son tombeau :
Désespéré, confus, au milieu des alarmes,
Il arrive en tremblant jusqu'à *Fontainebleau.*

Ce Corse fugitif, qu'on croyait imprenable,
Dans ces affreux momens tremblait pour son trépas,
Quand il fut assailli par un peuple innombrable,
Qui, toujours grossissant, se traînait sur ses pas.

Les généraux en lui n'ont plus de confiance;
On ne l'écoute plus. *Ney*, son plus cher soutien,
Lui fait la larme à l'œil donner sa déchéance,
Pour conserver ses jours n'ayant que ce moyen.

Il la signe en tremblant; de nombreuses cohortes
Se présentent à lui malgré tous ses sanglots;
On cherche à le saisir, on enfonce les portes,
Quand un guerrier s'avance, et lui parle en ces mots :

« Monstre, dont les fureurs et les trames perfides
» Ont couvert de forfaits l'univers éperdu ;
» Nouveau Caligula, dégouttant d'homicides,
» Quel déluge de sang ta rage a répandu ?

   » Le voile est déchiré, la vengeance s'apprête ;
» Entends-tu ces clameurs ? entends-tu ces éclats ?
» C'est le peuple en courroux qui demande ta tête,
» Et va t'envelopper des ombres du trépas.

   » Il n'en faut pas douter, sa justice est sévère,
» Sur-tout quand il la fait de ses cruelles mains ;
» Apaise, s'il se peut, son courroux sanguinaire,
» Et tâche d'adoucir la rigueur des destins.

   » Sois l'éternel mépris de la race future ;
» Que le monde, par toi séduit et ravagé,
» Retrouve en te voyant l'horreur de la nature ;
» Encore est-il douteux qu'il soit assez vengé.

   » Guerriers sans espérance, et généraux sans foi,
» Pourquoi refusez-vous vos yeux à la lumière ?
» Jusqu'à quand voudrez-vous combattre votre Roi,
» Qui depuis neuf cents ans vous a servi de père ?

   » Avez-vous jamais cru par un assassinat
» Détruire les BOURBONS et tromper le vulgaire ;
» Prendre un maître nouveau, bouleverser l'État,
» Et sans aucun moyen recommencer la guerre ?

   » Sachez que de nos Rois l'antique et noble race
» Subsistera toujours dans le cœur des Français ;
» Malgré votre fureur, et malgré votre audace,
» Ils seront respectés et chéris à jamais.

» Cependant, avant tout, rendez à l'Italie  
» Les comtés, les duchés que votre usurpateur  
» Avait distribués, au fort de sa folie,  
» A tous ceux qu'il croyait dignes d'un tel honneur.  
  » Dans quel lieu qu'on soit né, chacun dans son  
     village  
» A dire ce qu'il est met son ambition ;  
» La bravoure, l'honneur, quand on l'a pour partage,  
» Suffit pour illustrer son véritable nom.  
  » Je crois que le duché dont *Fouché* se décore  
» N'a pas à beaucoup près grossi ses revenus :  
» Les titres qu'il a pris, dont son orgueil s'honore,  
» Ne valent rien pour lui ; il lui faut des écus.  
  » Ainsi tous ceux atteints d'une telle folie  
» Se sont déshonorés aux yeux de la raison,  
» Et se sont entachés de la sotte manie  
» De vouloir s'illustrer en changeant leur vrai nom.  
  » Mais les temps sont venus où cette politique  
» Ne peut avoir de cours que parmi les fripons ;  
» Il faut en revenir à l'ancienne tactique,  
» Ne plus rougir d'un père, et porter ses haillons.  
  Le tyran gémissait ; une troupe choisie  
Le soustrait sur le champ aux clameurs des Français ;  
Et se chargeant du soin de veiller sur sa vie,  
L'enferme à l'île d'Elbe à couvert de leurs traits.  
  Ce séjour fait pour plaire au philosophe sage,  
Sensible, vertueux, innocent dans ses goûts,  
Pouvait-il retenir ce vil anthropophage !  
Qu'on devait renfermer sous des triples verroux.

# QUATRIEME CHANT.

Louis, du Roi des rois le plus parfait modèle,
Placé par ses vertus au rang des immortels,
Pour son peuple, aux abois, animé d'un saint zèle,
Laisse tomber sur eux ses regards paternels.

Il s'adresse à son Frère, et lui tient ce langage :
« La France a trouvé grâce au tribunal de Dieu,
» Faites de ses faveurs un saint et digne usage ;
» Béni dans votre cœur, qu'il le soit en tout lieu.

» Régnez sur les Français, et que la bienfaisance
» Marche du même pas toujours avec la loi ;
» Je perdis mes états par excès d'indulgence,
» Soyez de vos sujets et le père, et le Roi ».

A ce discours, Louis, plein de reconnaissance,
Redoubla de ferveur, de courage et d'espoir ;
Précédé d'une armée il se montre à la France,
Qui met tout son bonheur dans celui de l'y voir.

Il entre dans Paris, après vingt ans d'absence,
Entouré de seigneurs composant sa maison ;
Et consultant son cœur, plutôt que sa prudence,
Il couvre le passé d'un généreux pardon.

Muse, racontez-moi quelle fut l'alégresse,
Les élans, les transports de tous les bons Français,
Qui depuis si long-temps, plongés dans la détresse,
Voyaient dans les Bourbons le gage de la paix.

Car Louis est si bon, si doux, si magnanime,
Qu'il ne sait point user du droit de condamner;
Eût-on contre lui-même tramé quelque grand crime,
Le penchant de son cœur le porte à pardonner.

Cependant tout pouvoir périt par l'indulgence,
La timide équité détruit l'art de régner ;
Quand la sévérité produit l'obéissance,
Pour si bon que l'on soit doit-on la dédaigner ?

Si son Frère avait eu beaucoup moins d'indulgence,
On n'arroserait pas de larmes son tombeau :
Tout homme envers son Roi qui commet une offense
Doit en être puni ; sa peine est l'échafaud.

Les soldats qu'il avait armés pour sa défense
Furent se réunir à ses fiers ennemis ;
Ainsi de tous les temps a-t-on vu l'innocence
Succomber sous les coups des traîtres réunis.

Les plus ardens soutiens de ce monstre amphibie
Formèrent le projet de le faire échapper ;
Et voulant lui donner une nouvelle vie,
Du lieu de son exil le firent décamper.

De vous dire comment s'opéra sa sortie,
Il faudrait en avoir soi-même été témoin ;
Content d'en retracer quelques faits en partie,
A l'histoire du temps j'abandonne ce soin.

Mais Dieu, dont les décrets sont souvent si sévères,
Désirant de Louis éprouver la vertu,
Permit que, repoussé du trône de ses pères,
Sur un sol étranger il gémît abattu.

Tel on vit, pour un temps, David, ce roi prophète,
Cher à tous ses voisins, des Hébreux adoré,
Sur les bords du Jourdain chercher une retraite,
Pour se soustraire aux traits d'un fils dénaturé.

# CINQUIÈME CHANT.

L E sordide intérêt, père de tous les crimes,
Avait sur les mortels répandu son poison,
Et propageait au loin les barbares maximes
Du vaisseau de l'Etat qui brisent le timon.

*Bonaparte*, échappé du fond de sa retraite,
Avec quelques soldats parvient jusqu'à Lyon.
*Ney*, loin de le combattre, avec respect le traite,
Et le mène à Paris d'où s'éloigne BOURBON.

Escorté de sa garde il monte sur le trône,
Proclame des décrets, nomme des généraux ;
Et, s'arrogeant les droits que donne la couronne,
Pour augmenter ses fonds met des impôts nouveaux.

Parmi tous les Français, qu'irritent sa présence,
Aucun d'eux n'opposa d'obstacle à ses élans ;
Il recouvre sa cour, son ancienne puissance,
Ses cruels mamelucks et ses vils courtisans.

Dans ces momens fâcheux que faisait la noblesse,
Et tous les grands seigneurs rangés autour du ROI ?
Ne les accusez point de pécher par faiblesse,
Jamais à leur Monarque ils n'ont manqué de foi.

C'est que LOUIS DIX-HUIT, porté vers la clémence,
Désirait ménager le sang de ses sujets :
De toutes les vertus, la bonté, la clémence
Furent dans les BOURBONS l'ame de leurs projets.

Le Roi , bien convaincu que la France éplorée ,
Aux pieds des saints autels réclamant son retour ,
Attendait dans Paris sa prochaine rentrée ,
Qu'il voyait s'avancer à toute heure du jour.

*Bonaparte* , au contraire , en redoublant d'astuce ,
Se flatte de régner encor sur les Français ;
Il invoque l'Autriche , intéresse la Prusse ,
Et soumet tous ses ports aux pavillons Anglais.

Rien ne coûte à ce monstre abondant en promesses ;
Il jure d'observer la paix pendant vingt ans ,
Et fait un abandon du fruit de ses prouesses ,
Si l'on le reconnaît Empereur des Français.

Tandis qu'il se berçait d'une folle espérance ,
Et croyait voir l'Europe accessible à ses vœux ,
Les Rois , désabusés , déployant leur puissance ,
Couvraient le bord du Rhin de bataillons nombreux.

Les Danois , accourus du fond de la Norwège ,
Ont déjà renforcé le corps des Allemands :
Ils ne s'amusent point à former quelque siège ;
Mais vont droit à Paris dans quinze jours de temps.

Wellington , digne fils de Mars et de Bellone ,
Est le ferme soutien et le vainqueur des Rois :
Son bras ne s'arme point pour renverser le trône ,
Mais pour des Souverains faire valoir les droits.

Il marche, en invoquant le grand dieu des armées ,
Qui seul fait des héros des plus simples soldats ;
Il voit d'un feu nouveau ses troupes animées ,
Pour rétablir Louis au sein de ses états.

Il vole au Mont St.-Jean : le démon de la guerre
Agitait son flambeau sur un lieu si fatal;
Et le sang des Français, dont il couvrit la terre,
Du Tyran détrôné fut le dernier signal.

———————

# SIXIEME ET DERNIER CHANT.

BONAPARTE, déchu de toute sa puissance,
Sans canons, sans argent, abandonné des siens,
Pour la seconde fois donne sa déchéance,
Qu'acceptent à l'envi les fiers républicains.

De toutes parts les clubs à l'instant se rouvrirent ;
Paris fut encombré de bandes d'assassins,
Qui, distillant par tout le crime qu'ils respirent,
Voulurent rétablir leur pouvoir souverain.

Leurs chefs pour la plupart étaient des gens de plume,
Avares de leur sang, mais prodigues d'écrits ;
A les produire au jour le temps que l'on consume
Ne sert qu'à les couvrir du plus parfait mépris.

Tandis qu'à pérorer se passent les journées,
Qu'ils rendent des décrets dont le peuple se rit,
A les chasser au loin les troupes destinées
Sont autour de Paris, que le Russe investit.

Mais de ses habitans la plus saine partie
Court un lis à la main au-devant des BOURBONS,
Lorsque l'autre abattu, et presque à l'agonie,
Va cacher sa défaite en des antres profonds.

Les soldats raliés sur les bords de la Loire,
Des yeux cherchent leur chef que la peur a saisi ;
*Bonaparte*, déchu de son ancienne gloire,
Dans le pays d'Aunis va chercher un abri.

Le *Congrès* tout-puissant, arbitre de son sort,
Le fait incarcérer à l'île Sainte-Hélène ;
C'est là que désormais la mort, la seule mort,
De ses horribles jours pourra briser la chaîne.

Muse, termine donc cette trop longue histoire,
Que ne peut, sans frémir, parcourir le lecteur ;
Et si ces traits divers s'offrent à ta mémoire,
Que ce soit pour bénir Louis le Bienfaicteur.

Pour peindre au naturel notre Roi légitime,
Ce Roi par ses sujets si long-temps désiré,
Il suffit de le voir. Sur son front magnanime
On lit sa grandeur d'ame et son cœur adoré.

Tous les jours sont pour lui de nouveaux sacrifices :
Au simple nécessaire il borne ses besoins ;
Il cherche avec ardeur à réprimer les vices,
A rendre heureux son peuple il consacre ses soins.

Ce Roi, dont la sagesse égale la prudence,
A ses lois met le sceau par un noble pardon.
Ainsi, nous retraçant d'Auguste la clémence,
A-t-il à juste titre hérité de son nom.

Partageant les travaux de son auguste Père,
D'Angoulême a les yeux ouverts sur le Midi ;
Pour tous ses habitans c'est un Dieu tutélaire,
Accessible à nos vœux, et toujours plus chéri.

Je crois qu'il m'est permis, habitans du Permesse,
Pour relever mes chants, leur donner plus de prix,
De parler dans mes vers de l'auguste Princesse,
Qu'à son départ nos cœurs suivirent à Paris.

L'heureux jour que ce fut pour Toulouse charmée,
De lire dans ses traits le gage du bonheur !
Et si le sien dépend de celui d'être aimée,
Elle ne sera plus la fille du malheur !

Non moins intéressante est l'auguste PRINCESSE
Qui promet aux Français d'illustres rejetons :
Ses talens, ses vertus, ses attraits, sa jeunesse,
Ajoutent à l'éclat du trône des BOURBONS.

Qui d'entre nous a vu Madame D'ANGOULÊME,
Chère à toute l'Europe, idole de nos cœurs,
Du Duc de BERRY voit en tout l'épouse même :
Leur goût les réunit ; on les prendrait pour sœurs.

FOREST, *ancien Militaire.*

---

JEAN-BRUNO FOREST est né en 1736 :
Entré en qualité de cadet gentilhomme en 1753 ;
Fait sous-lieutenant à Clèves en 1756 ;
A suivi le maréchal de Richelieu à Hanovre, à Zell, à
 Closterseven, à Halberstadt en 1757 ;
A la bataille de Rosback, avec M. de St.-Germain, en 1757 ;
Au bombardement du Havre, sous le duc d'Harcourt, en
 1758 ;
Commissaire des guerres dans le département de la Haute-
 Garonne en 1777 et autres ;
Colonel et commandant en chef le canton de Bruyères.
Il est encore dans ses foyers, occupé à bénir le jour que
 Louis XVIII est rentré en France, qu'il a célébré
 dans cette brochure, dont il est l'auteur.

www.ingramcontent.com/pod-product-compliance
Lightning Source LLC
Chambersburg PA
CBHW061520170626
46811CB00004B/1775